LES ARTISTES

PAR OCCASION,

OU

L'AMATEUR DE TIVOLI;

COMÉDIE EN UN ACTE ET EN PROSE,

MÊLÉE D'ARIETTES;

PAROLES DE M. ALEXANDRE DUVAL,

MUSIQUE DE M. CATEL.

REPRÉSENTÉE, *pour la première fois, sur le Théâtre de l'Opéra-Comique, par les Comédiens ordinaires de l'Empereur, le jeudi 22 février 1807.*

PRIX 1 FRANC 20 CENT. (24 SOUS.)

A PARIS,

CHEZ VENTE, libraire, boulevard des Italiens, n.° 7, près de la rue Favart.

1807.

PERSONNAGES.   *ACTEURS.*

MM.

M. FOMBONI, amateur des beaux-arts. Chenard.

DELMONTE, amant d'Eléonore.   Paul.

PEDRO, valet de Delmonte.   Martin.

ÉLÉONORE, jeune veuve.   M.me Moreau.

ZERBINE, femme de chambre d'Eléo-
    nore.   M.elle Rolandeau.

La scène est à Tivoli dans les environs de Rome.

LES ARTISTES
PAR OCCASION,
OU
L'AMATEUR DE TIVOLI.

*Le théâtre représente un vaste jardin , d'un genre pittoresque ;
dans l'éloignement on voit plusieurs fabriques italiennes. Sur
l'avant-scène est un temple antique dont le plancher est élevé
au-dessus du sol au moins de deux pieds : ce temple paraît être
disposé pour être un cabinet de musique ; on voit l'intérieur , on
y monte par des degrés vus de profil.*

SCENE PREMIERE.

ZERBINE, ELÉONORE.

ELÉONORE *dans le cabinet , chante une romance en s'accompagnant
de la harpe. Zerbine est dans le jardin , et l'écoute.*

 O toi ! dont mon âme insensée
 Conserve encor le souvenir !
 Eloigne-toi de ma pensée ;
 L'amour ne peut nous réunir.

ZERBINE.

Allons , encore cette romance si mélancolique !...
elle ne chante que cela toute la journée.

ELÉONORE.

 C'est en vain que de ton image
 Je veux fuir l'attrait séducteur ,
 Je n'ai point assez de courage
 Pour triompher d'un faible cœur.

ZERBINE.

Pour une jeune veuve , elle est vraiment trop
affligée.

I

ELÉONORE.

Ah ! de l'amour, de sa souffrance,
Heureux qui peut se garantir !
S'il embellit notre existence ,
Lui seul aussi nous fait gémir.

ZERBINE.

En vérité, ma pauvre maîtresse, je ne vous reconnais plus.

SCENE II.
ELÉONORE, ZERBINE.

ELÉONORE, *sortant du cabinet.*

Comment, c'est toi, Zerbine ! et que fais-tu donc
ici ?

ZERBINE.

Je vous écoute, je m'attendris aux sons de votre
voix plaintive. Ah ! madame, que vous êtes diffé-
rente de ce que vous étiez, il y a seulement deux
ou trois mois. Veuve d'un vieux mari, vous ajoutiez
à tous vos avantages personnels, un peu de légè-
reté et beaucoup de coquetterie : aujourd'hui vous
fuyez les hommes ! Vous soupirez la romance, ou
vous vous occupez de vos douces rêveries.... Quelle
métamorphose subite ! est-ce l'amour qui vous
tourmente, ou le chagrin d'épouser M. Fomboni ?

ELÉONORE.

Hélas ! ma chère Zerbine, peut-être tous les deux.

ZERBINE.

L'amour est pour quelque chose dans vos chagrins ? ah ! contez - moi cela ; rien ne m'amuse
comme une histoire d'amour.

ELÉONORE.

Je rougis de t'avouer une faiblesse impardonna-
ble.

ZERBINE.

Hélas ! nous autres pauvres femmes, c'est notre
destinée d'être faibles.

ELÉONORE.

Tu sais qu'après la mort de mon mari, je vins chercher une retraite chez monsieur Fomboni, son parent et son intime ami. Son âge et sa réputation me mettaient à l'abri....

ZERBINE.

Oui, M. Fomboni est un très-bon ami, très-vieux, très-honorable, mais très-ennuyeux : connaisseur en titre, enthousiaste des arts, auxquels il n'entend rien, il entasse dans son cabinet et dans son jardin les médailles et les tableaux, les temples et les pyramides ; et je suis sûre qu'il ne veut vous épouser que parce qu'il vous trouve peut-être quelque ressemblance avec l'impératrice Poppée.

ELÉONORE.

Me laisseras-tu parler ?

ZERBINE.

Pardon, madame, c'est sa faute, si lorsque je suis sur son chapitre, je ne taris jamais ; il est si complètement ridicule ! Vous dites donc que retirée chez M. Fomboni....

ELÉONORE.

Il chercha tous les moyens de me plaire, et me proposa de m'épouser : ses qualités estimables m'engagèrent à fermer les yeux sur ses défauts, je lui promis ma main.

ZERBINE.

C'est très-bien : avant le mariage on ferme les yeux ; mais après, on les ouvre, malheureusement pour le mari. Non, madame, je le répète, ce mariage ne vous convient pas.

ELÉONORE.

Je le crois maintenant, surtout depuis le jour que M. Fomboni me permit d'aller voir à Rome une de mes cousines.

ZERBINE.

Quoi ! c'est Rome qui est cause que vous chantez des romances si tendres, dans lesquelles vous parlez toujours d'un inconnu ?

ELÉONORE.

Voilà mon secret : plains mon extravagance. Un jeune homme, dont j'ignore le nom et la naissance, s'est obstiné à me suivre dans tous les lieux publics ; jamais il ne m'a parlé ; mais j'ai connu qu'il me distinguait, à ses regards et aux sérénades qu'il me donnait à-peu-près toutes les nuits.

ZERBINE.

Des sérénades ! oh ! l'aimable cavalier ! des sérénades !... Eh bien ! croiriez-vous que l'usage s'en passe ; nous avons tort de perdre ainsi de nos droits. Rien n'est plus doux pour une jolie femme que d'être bien chaudement dans son lit, tandis que nos amans s'enrhument à chanter leur amour. Ah ! le bon tems que le tems des sérénades ! Avant de mourir ne m'en donnera-t-on pas quelqu'une !

ELÉONORE.

Tu seras donc toujours folle ?

ZERBINE.

Chacun a sa folie. La vôtre est maintenant plus dangereuse que la mienne ; car enfin vous aimez l'inconnu, et vous allez épouser un vieux fou. M. Fomboni presse votre mariage, demain la signature du contrat, grande fête à ce sujet. Il est même assez contrarié ; il attendait des artistes célèbres qui devaient vous dire en chansons les plus belles choses du monde ; personne n'est arrivé ; il est dans une impatience vraiment comique...

ELÉONORE, *détournant la tête.*

Quels sont donc ces jeunes chasseurs que je vois dans le parc, et qui semblent se cacher à nos regards ?

ZERBINE.

Ils seront probablement entrés par une brèche qui donne sur le petit chemin. Ah ! je viens d'en voir un ! il n'est pas trop mal tourné.

ELÉONORE.

Ah ! ma chère Zerbine, voilà mon inconnu ! c'est lui, je le reconnais.

ZERBINE.

Eh bien ! comme vous tremblez !... vous rougis-
sez ? Pour une veuve, vous n'êtes pas trop aguerrie.

ELÉONORE, *très-agitée.*

Je te laisse : informe - toi, s'il se peut, quel est
le nom, le rang de ce jeune homme ; mais tu m'en-
tends, comme si tout cela venait de toi. Adieu ,
tu viendras me retrouver bientôt.

SCENE III.

ZERBINE, *seule.*

Pauvre petite femme !.... elle tremble comme
une Agnès ; moi je ne suis pas si peureuse, ces
messieurs peuvent venir, je ne crains pas les in-
connus. Eh bien ! ils n'arrivent pas ! c'est par trop
de timidité : n'ayons pas l'air de courir après eux,
mais, nouvelle syrène, essayons de les attirer par la
douceur de ma voix. Justement, je sais une vieille
chanson qui convient très-bien à la circonstance.

> Le bon Lycas aimait Thémire ,
> La bergère de son hameau ;
> Quand il la voit, n'osant rien dire ,
> Il ôte en tremblant son chapeau.
> Mais, venez donc, venez donc, lui dit-elle ,
> J'attends de vous un compliment ;
> On n'offense point une belle
> Quand on s'y prend bien poliment.

Elle se détourne.

Ah ! ils me regardent !

> Lycas , dans un bois solitaire ,
> Trouve sa belle un certain soir.
> Quoi ! c'est vous, aimable bergère ,
> Que je suis aise de vous voir !...
> Mais parlez donc, parlez donc, lui dit-elle,
> Faites-moi votre compliment ;
> On n'offense point une belle
> Quand on lui parle poliment.

Elle se détourne encore.

Bon ! en voilà un qui s'avance.

L'amant, devenu moins sauvage ,
Avec Thémire allait danser ;
Il dansait bien... mais, quel dommage !
Lycas craignait de se lasser.
Mais , dansez donc, dansez donc, lui dit-elle,
Ne faites plus de compliment ;
On n'offense point une belle
Quand on danse.... bien poliment.

Ah ! le voilà pourtant ; ne faisons pas semblant
de le voir.

SCENE IV.

PEDRO, ZERBINE.

PEDRO, *saluant Zerbine.*

Quelle voix mélodieuse ! qui pourrait résister à
son charme ?

ZERBINE.

Comment, monsieur, vous m'avez entendue ?
c'est bien indiscret à vous. (*A part.*) Il n'est pas mal,
au moins, ce jeune homme.

PEDRO, *à part.*

Voilà une petite mine qui me revient assez.

ZERBINE.

(*A part.*) C'est sûrement l'ami de notre bel inconnu. (*Haut.*) A quel hasard dois-je le plaisir de
voir monsieur ?

PEDRO, *à part.*

Monsieur !... que de politesses ! elle me prend pour
un homme comme il faut ; c'est à mon habit de
chasse que je dois cette faveur.

ZERBINE.

Eh bien ! ma question semble vous embarrasser ?

PEDRO.

Aucunement.... en chassant, nous nous sommes
égarés, et nous cherchions notre chemin.

ZERBINE, *finement.*

Ah ! c'est votre chemin que vous cherchiez ?....
et afin de le trouver plutôt, vous vous introduisez
dans des jardins....

PEDRO.

Oui , nous avons vu une brèche ouverte.....

ZERBINE.

C'est très-commode ; et que prétendez-vous faire ici ? Je pourrais vous donner des renseignemens....

PEDRO.

(*A part.*) Ne nous y fions pas. (*Haut.*) L'amour des beaux-arts nous a conduits à Tivoli ; et nous venons voir un objet très-intéressant pour des amateurs... comme nous.

ZERBINE.

Vous ne pouviez pas mieux vous adresser qu'à moi. Vous êtes ici chez M. Fomboni, le plus grand connaisseur de l'Italie, et je suis sûre que vous y trouverez l'objet intéressant que vous cherchez. (*A part.*) Il faut bien aider son prochain.

PEDRO.

Nous le croyons aussi comme vous : nous avons cru remarquer en entrant.... (*A part.*) Il faut pourtant songer à s'introduire dans la maison.

ZERBINE.

Une chose singulière ! en vous apercevant tous les deux, j'ai cru d'abord que vous étiez ces hommes célèbres qu'il attendait hier au soir. Il doit se marier avant peu de jours, et les talens de ces artistes...

PEDRO.

Ah ! vous attendiez des artistes célèbres !.... afin de célébrer le mariage....

ZERBINE.

Sans doute ; les deux plus grands génies de l'Italie, le poëte Goldoni et le célèbre Guglielmi. Ils reviennent tous deux de France, et mon maître....

PEDRO, *à part.*

Son maître ! c'est la soubrette.

ZERBINE.

Très-enthousiaste des arts, et n'ayant jamais vu ces artistes si connus....

PEDRO, *à part.*

Il ne les a jamais vus !

ZERBINE.

Les a fait inviter tous les deux à venir voir son
cabinet. Nous les attendions hier.

PEDRO, *d'un air important.*

Eh bien ! ma belle enfant, vous les verrez aujourd'hui. Vous pouvez annoncer à votre maître
les hommes à talens qu'il désire posséder.

ZERBINE.

Quoi ! monsieur, vous et votre ami vous seriez...

PEDRO.

Sans doute. Je suis très-étonné, ma petite, que
vous doutiez un instant de la vérité de mes paroles.

ZERBINE.

(*A part.*) Voilà un sérieux qui m'en impose.
(*Haut.*) Moi j'ai pensé que vous veniez ici par un
tout autre motif.

PEDRO.

Le motif des beaux-arts, mademoiselle, je n'en
connais pas d'autres. Mais, brisons-là, allez dire
à vos maîtres que nous venons d'arriver, et que
nous avons grand appétit.

ZERBINE.

(*A part.*) S'il était vrai pourtant ! Pourquoi pas ?
la chose est possible, ma maîtresse ne connaît ni le
nom, ni le rang de son étranger. Pourtant....
celui-ci n'a pas l'air d'un homme d'esprit ; ah ! je
sais bien qu'il ne faut pas les prendre à la mine.
Courons vîte annoncer cette nouvelle à ma maîtresse. (*Haut.*) Monsieur, j'ai bien l'honneur de
vous saluer.

PEDRO, *d'un ton protecteur.*

Bon jour, ma chère enfant.

SCENE V.

PEDRO, DELMONTE.

DUO.

PEDRO.

Eh ! mais, monsieur, approchez donc :
Cessez, cessez d'être timide.

DELMONTE,

DELMONTE, *paraissant.*

Eh bien ! cher Pedro , dis-moi donc,
Dois-je cesser d'être timide ?

PEDRO.

Oui, mon esprit vous a servi de guide ,
Mieux que l'amour et la raison.

DELMONTE.

Entrerons-nous dans la maison ?

PEDRO, *d'un ton important.*

Nous entrerons dans la maison.

DELMONTE.

Aujourd'hui je verrai la belle Eléonore !
Elle connaîtra mon amour :
Ah ! c'est pour moi le plus beau jour !

PEDRO.

Vous la verrez demain encore.

DELMONTE.

Je la verrai dans la maison ,
Je parlerai dans la maison ,
Je lui dirai dans la maison
Que l'amour m'ôte la raison.

PEDRO, *à part.*

Je dînerai dans la maison ,
Je souperai dans la maison ,
Je coucherai dans la maison ,
Ma foi, le tour est assez bon.

DELMONTE.

Mais quel moyen as-tu donc pris pour inspirer
la confiance ?

PEDRO.

Un moyen simple , et qui réussit toujours. J'ai
pris l'air important, et l'on m'a fait l'accueil le plus
flatteur.

DELMONTE.

Mais enfin qu'as-tu dit ?

PEDRO.

Rien , moyen sûr de ne pas dire de sottises.

DELMONTE.

Tu lasses ma patience , et je vais....

PEDRO.

Ne nous emportons pas. En deux mots, nous
sommes ici chez un vieux connaisseur qui doit

épouser votre belle, et qui attendait hier, pour chanter ses appas, MM. Goldoni et Guglielmi.

DELMONTE.

Quoi ! ce poëte fameux et ce compositeur dont les chefs-d'œuvre....

PEDRO.

Rien que cela, monsieur ; et ce qu'il y a de plus étonnant, c'est que nous sommes tous les deux ces hommes admirables. Vous avouerez que je ne vous traite pas trop mal. Choisissez d'être poëte ou musicien ; pour moi cela m'est à-peu-près égal, je me sens capable de réussir dans les deux genres.

DELMONTE.

Comment, malheureux ! c'est-là cette ruse merveilleuse ! et tu crois que je consentirai à cette détestable fourberie ? que dirait, que penserait Eléonore ? elle ne me connaît pas ; et ce vil stratagème la préviendrait contre moi.

PEDRO.

Eh bien ! monsieur, n'en parlons plus. Retournons sur nos pas ; aussi bien je crois que nous arrivons trop tard, le mariage doit se faire demain.

DELMONTE.

O ciel ! que me dis-tu ? oh ! mon cher Pedro, j'approuve ta ruse ; quelles qu'en soient les suites, il faut absolument que je parle à Eléonore.... mais est-il possible qu'on puisse te prendre pour un homme à talent ?

PEDRO.

Pourquoi pas ? Je dois avoir de l'esprit, j'ai servi pendant deux ans un poëte comique. Cependant je prendrai le rôle de musicien. Ce n'est pas toujours lorsqu'ils parlent qu'ils sont le plus aimables.

DELMONTE.

Mais, moi-même, puis-je faire croire....

PEDRO.

Vous, monsieur, vous diriez les plus grandes sottises, que dans la bouche d'un prétendu bel esprit, elles passeraient pour de jolies choses. Allez,

allez, tout ira bien. L'essentiel dans ce moment
est de surmonter votre timidité, de parler à votre
Eléonore, et de lui faire connaître votre amour.

DELMONTE.

Je crains bien qu'il ne soit trop tard ! Mais j'aperçois quelqu'un....

PEDRO.

A sa tournure bizarre, ce ne peut-être que ce
fou de connaisseur : attention, et commençons tous
les deux notre rôle.

SCENE VI.

LES PRÉCÉDENS, M. FOMBONI.

TRIO.

PEDRO, *à Delmonte.*

Allons, monsieur, jouons la comédie,
Il faut tromper ce bon vieillard.

DELMONTE.

Puisqu'il le faut, jouons la comédie,
Trompons un instant ce vieillard.

FOMBONI.

Dans leurs traits on voit leur génie,
Mais observons-les à l'écart.

PEDRO.

O merveilles de l'Italie !
Inspirez-moi d'aimables chants ;
Et que la douce mélodie
Immortalise mes accens.

FOMBONI, *à part.*

Ah ! je le vois à son génie,
C'est le célèbre Guyelmi,
C'est lui que je possède ici.

DELMONTE.

O merveilles de l'Italie !
Inspirez-moi des vers charmans ;
Et qu'aujourd'hui l'affreuse envie
Se taise à mes nobles accens.

FOMBONI, *à part.*

Ah ! je le vois à son génie,
Voilà l'illustre Goldoni,
C'est lui que je possède ici.

PEDRO, DELMONTE.

{ Il nous écoute, il nous admire;
Malgré moi, je suis prêt à rire.

FOMBONI.

Comme eux, j'éprouve un beau délire.

TOUS LES TROIS.

O merveilles de l'Italie! etc.

PEDRO, DELMONTE.

Il nous écoute, il nous admire,
A ses dépens nous pouvons rire,
Il croira tout ce qu'on voudra.

FOMBONI.

Ah! le beau feu, le beau délire!
Ma foi, tous deux je les admire:
Ah! les grands hommes que voilà!

FOMBONI.

Messieurs, je ne puis résister au plaisir....

PEDRO, *ayant l'air de composer.*

Quel est donc l'importun?...

FOMBONI, *à Pedro.*

Pardonnez mon indiscrétion; mais le désir de voir un homme de génie dans le feu de la composition....

PEDRO.

Ah! monsieur, que vous privez l'univers de belles choses, en m'arrachant à mon extase!

FOMBONI.

Hélas! j'en serai le premier puni.

PEDRO.

Je me sentais inspiré comme la Sybille sur son trépied.

FOMBONI.

Que vous me donnez de regrets!...

PEDRO.

Je n'étais plus à moi, j'étais tout entier à mon démon musical.

FOMBONI.

Je suis bien fâché de vous avoir troublé. Je venais vous dire que des rafraîchissemens....

PEDRO.

Et que me parlez-vous de rafraîchissemens! je

n'éprouvais qu'une soif ardente, brûlante, dévo-
rante, c'était celle de la gloire.

FOMBONI.

Eh bien ! messieurs, je vais vous laisser travailler, et donner l'ordre qu'on remporte....

PEDRO.

Non, non, ne donnez point d'ordre ; mon enthousiasme est maintenant passé ; et de ma soif de
gloire, il ne m'est resté qu'une soif assez vulgaire,
que je ne serai pas fâché de satisfaire.

FOMBONI.

Il suffit, nous allons bientôt.... Savez-vous bien,
messieurs, que je vous ai reconnus tout de suite ;
vous avez quelque chose d'original qui annonce vos
grands talens.

PEDRO.

Surtout le cher Goldoni, c'est le plus grand original....

FOMBONI.

Je ne puis vous exprimer le plaisir que j'éprouve
à recevoir chez moi deux aussi grands hommes.
Vous me ferez sûrement connaître quelques-unes
de vos nouvelles productions, M. Goldoni ?

PEDRO.

As-tu du nouveau, mon ami ?

DELMONTE.

Mais, je....

PEDRO.

Allons, point de modestie. Tenez, monsieur,
je vous assure qu'avant la fin de la journée il vous
ménage une surprise....

FOMBONI.

Et vous, M. Guglielmi, vous nous ferez entendre
quelques morceaux ?

PEDRO.

Des morceaux superbes ! mais je ne chante bien
qu'après dîner.

FOMBONI.

Sans vous avoir jamais vus, je vous connaissais

tous les deux. Voilà l'avantage des arts et des lettres. Les gens célèbres de tous les pays, quel que
soit l'idiome, la distance qui les séparent, s'enten-
dent, se jugent, s'apprécient d'un bout de l'univers
à l'autre.

PEDRO.

Oui, monsieur, d'un bout de l'univers à l'autre.

FOMBONI.

J'ai lu tous vos chefs-d'œuvre, M. Goldoni; il y
a une poésie, un sentiment, des caractères.... Oh!
nous en causerons à table. (*Il appelle Sebastiani.*)
A dîner, vous nous servirez le vin du Vésuve.

DELMONTE.

Je suis confus d'un accueil....

PEDRO.

Ah! le bon vin, que le vin du Vésuve! Monsieur, je veux le mettre en musique. Goldoni, tu
me feras des paroles.

FOMBONI.

Et vous, M. Guglielmi, grâce au ciel, je chante tous
vos operas. Ah! il faut m'entendre! Quelle mélodie! comme elle pénètre l'âme, le cœur, l'oreille!..
c'est d'une chaleur! on éprouve un trouble, un
plaisir qui fait.... C'est que... non...(*Il chante, en*
chargeant, un morceau d'opéra de Guglielmi; il s'in-
terrompt au milieu de l'air.) Sebastiani, n'oubliez
pas le pâté de truffes.

PEDRO.

Le pâté de truffes! ah! monsieur, que vous êtes
un grand connaisseur!

FOMBONI.

Quel repas agréable nous allons faire! quelle
gaieté! quel feu! J'y suis déjà.

PEDRO.

Et moi j'y voudrais être.

FOMBONI.

Nous boirons à l'Amphion et au Molière de l'Italie.

PEDRO.

Oui, monsieur, nous boirons.

FOMBONI.

« C'est ainsi qn'autrefois dans ce champêtre asile,
» Déposant un moment le soin de l'univers ,
» Le favori d'Auguste , entre Horace et Virgile ,
» Venait dîner et rire , et chanter les beaux vers !

PEDRO.

Ah ! monsieur , que c'est beau ! comme cette dernière pensée est bien nourrie !... *Venait dîner et rire....* C'est superbe !

FOMBONI.

J'espère , mon cher M. Goldoni , que vous aurez la complaisance de me lire quelques passages de l'un de vos poëmes.

DELMONTE.

Vous êtes trop bon ; mais ma mémoire est d'une infidélité....

PEDRO.

Oh ! le cher Goldoni vous dit vrai. Je suis convaincu qu'il ne pourrait pas vous dire deux vers de suite.

FOMBONI.

C'est bien singulier !

PEDRO.

Rien dans sa tête , tout dans son porte-feuille ; c'est au point que si vous lui citiez ses propres ouvrages , je ne sais pas s'il les reconnaîtrait.

FOMBONI.

Mais pourtant ce beau pays doit échauffer votre imagination ?

DELMONTE.

Oh ! prodigieusement : il m'a même donné l'idée d'un poëme....

PEDRO.

Dont on parlera , je puis le prédire. Il n'oubliera , je vous l'assure , ni ces précieux monumens de l'antiquité , ni ces temples , ni ces cascades magnifiques , ni le pâté de truffes , ni vous même , M. Fomboni , et ses vers prophétiques immortaliseront ces beaux lieux.

FOMBONI.

Je vous suis bien obligé ; mais en attendant, messieurs, oserais-je vous demander une petite grâce ?

DELMONTE.

Parlez, nous vous sommes tout dévoués.

FOMBONI.

Il faut vous dire d'abord que sous deux jours je vais me marier ; et je voudrais que vous me fissiez la galanterie de composer pour ma future une petite scène dont elle serait l'objet.

PEDRO.

Bagatelle ! ce sera l'affaire d'un moment.

DELMONTE.

C'est la jeune veuve Eléonore que vous épousez ?

FOMBONI.

Elle-même ; la connaissez-vous ?

DELMONTE.

De réputation. Tout le monde en dit le plus grand bien : on vante son caractère, sa beauté, son esprit.

FOMBONI.

Eh bien ! monsieur, tout cela n'est rien auprès de ce qu'elle possède.

DELMONTE.

Mais quel plus bel avantage ?...

FOMBONI.

Elle a le nez de Cléopâtre !

PEDRO.

Comment ! elle a le nez....

FOMBONI.

Le même absolument. Je l'ai comparé avec la médaille antique.

DELMONTE, à part.

Et voilà mon rival ! Mais j'aperçois Eléonore ; quel trouble s'empare de moi !

FOMBONI.

Tenez, messieurs ; la voilà, jugez plutôt vous-mêmes.

SCENE

SCENE VII.

LES PRÉCÉDENS, ÉLÉONORE.

ELÉONORE.

Quoi ! M. Fomboni, vous n'entendez pas qu'on sonne le dîner ? Ah ! messieurs, je vous salue.

DELMONTE.

Vous excuserez, madame, si nous osons nous présenter ainsi : afin de rendre notre route plus agréable, nous sommes venus en chassant....

ELÉONORE.

Des artistes de votre mérite ont peu besoin de parure ; d'ailleurs vous êtes venus sans cérémonie...

DELMONTE.

Seulement dans l'espérance de voir....

ELEONORE.

Le cabinet de M. Fomboni.

PEDRO.

Oui, c'est pour le cabinet. (*Bas à M. Fomboni.*) Vous aviez bien raison ; c'est juste, le nez de Cléopâtre.

FOMBONI.

Hin ! quand je vous disais....

ELÉONORE.

Si je ne me trompe, M. Goldoni, car c'est à lui, je crois, que j'ai l'honneur de parler, j'ai eu le plaisir de vous rencontrer à Rome.

DELMONTE.

Il est vrai, je l'habite depuis un mois; et j'y serais encore sans un événement qui m'a forcé de quitter cette ville.

FOMBONI.

Oui, sans l'invitation que je vous ai envoyée, et que vous avez bien voulu accepter. Mais il est tems de nous rendre à table. Guglielmi, suivez-moi.

PEDRO.

Je ne demande pas mieux, et je vous promets de faire honneur....

3

DELMONTE, *s'avançant et lui fermant le passage.*

(*Bas.*) Misérable ! si tu oses approcher de la table....

PEDRO, *bas.*

Mais, monsieur....

DELMONTE, *bas.*

Quoi ! venir effrontément te placer près de ces gens respectables....

PEDRO, *bas.*

Respectables tant que vous voudrez ; mais enfin je suis votre confrère....

DELMONTE, *bas.*

On le croit ; et je rougis déjà....

PEDRO, *bas.*

Moi, monsieur, je ne suis pas fier, je ne rougis pas facilement, et si cela vous est égal , j'irai à l'office.

DELMONTE, *bas.*

Malheureux ! et le nom que tu portes....

PEDRO, *bas.*

Je ne tiens pas à mon nom , et pourvu que....

DELMONTE, *bas.*

Traître, crains mon courroux !

FOMBONI, *haut.*

Eh bien ! messieurs, vous ne venez pas ?

DELMONTE.

Mon ami me disait qu'il n'était pas dans l'usage de dîner.

PEDRO, *bas.*

Monsieur, ayez pitié de moi.

DELMONTE.

L'appétit ne lui vient que très-tard.

PEDRO, *bas.*

Très-tard , y pensez-vous ?

DELMONTE.

Il suffit qu'on lui serve la plus petite chose, le soir , dans son appartement.

PEDRO, *bas.*

Le soir ! ah ! pauvre Pedro !

FOMBONI.

Singulière manière de vivre !

PEDRO.

Très-singulière en effet.

FOMBONI.

Eh bien ! tenez, cette bisarrerie est encore une preuve de votre talent.

PEDRO.

C'est une mauvaise preuve.

FOMBONI.

Non, les grands artistes ne font jamais rien comme tout le monde.

PEDRO.

Les grands artistes ont tort.

FOMBONI.

Point de gêne avec nous. M. Guglielmi, je vous enverrai servir demain matin....

PEDRO.

Qu'est-ce que vous dites donc, demain matin ? mon ami vous a dit que ce soir..... (*A part.*) Oh ! mon dieu ! ils me feront mourir.... Si la circonstance de l'usage des grands talens qui ne dînent point.... Enfin, il est au moins très-vrai que je soupe, et je vous prie de ne pas m'oublier.

DELMONTE, *à Pedro.*

Adieu, mon ami, je te rejoindrai bientôt.

PEDRO.

Cela suffit ; mon ami, bon appétit.

FOMBONI.

Je parie que vous allez chercher quelques traits de chant pour votre premier opéra.

PEDRO.

Oh ! je pourrais bien chercher autre chose..

FOMBONI.

Je vous laisse à vos réflexions.

PEDRO.

Triste nourriture !

S C E N E   V I I I.

PEDRO, *seul.*

J'enrage ! Pauvre Pedro ! il est bien dur d'être la victime de ton stratagême : moi, dont l'estomac se dilatait au seul nom de pâté de truffes. .. Peste soit de ma grande réputation ! M. Fomboni, qui est bien le meilleur humain, avait déjà pour moi une amitié si tendre…. Je suis sûr que pendant tout le repas il va parler de moi, de mes ouvrages, de mon grand talent ; il boira peut-être à ma santé le vin du Vésuve. Le vin du Vésuve ! ce mot-là me fend le cœur ! il faut pourtant prendre son parti de bonne grâce. Je gage que plus d'un homme célèbre……

R O N D E A U.

La triste chose que la gloire,
Pour un pauvre auteur sans argent !
Afin de vivre en la mémoire,
Il ne vit pas…. de son vivant.

Sur ses traces la gaité brille,
Chacun lui fait des complimens.
Que vos ouvrages sont charmans !
Quel bon goût ! l'esprit y pétille….
Mais de retour dans sa famille,
L'infortuné voit ses enfans,
Et gémit d'avoir des talens.

La triste chose que la gloire, etc.

Que ne suis-je une grosse bête !
Mais bête avec force ducats ;
Sans doute on se dirait tout bas :
C'est un sot, une pauvre tête ;
Mais si je donne quelque fête,
De moi l'on fera très-grand cas,
Au moins, à l'heure des repas.

La triste chose que la gloire,
Pour un pauvre auteur sans argent !
Afin de vivre en la mémoire,
Il ne vit pas…. de son vivant.

SCENE IX.

PEDRO, ZERBINE.

ZERBINE, *arrivant avec un papier de musique à la main.*

(*A part.*) On a beau me dire que ce monsieur est le fameux Guglielmi, je n'en crois rien. Ce garçon a une certaine amabilité, une certaine grâce qui me rappellent l'anti-chambre.

PEDRO, *à part.*

Ah ! voici notre soubrette au minois fin.

ZERBINE, *à part.*

Ce chiffon de musique que j'ai pris sur le piano de ma maîtresse me fera découvrir la fourberie. Je vais voir bientôt....

PEDRO, *à part.*

Toute gentille qu'elle est, elle ne me fera point oublier que je ne devrais pas être ici.

ZERBINE, *à part.*

En le priant de me faire répéter ce morceau, et en chantant à la place le premier air venu, je vais le confondre.

PEDRO, *à part.*

Pourquoi donc m'observe-t-elle de la sorte ?

ZERBINE.

Je crains de déranger M. Guglielmi.

PEDRO, *à part.*

Voilà un nom qui redouble mes chagrins.

ZERBINE.

Si j'osais l'arracher à ses grandes méditations, je le prierais de me rendre un service.

PEDRO.

Eh bien ! que voulez-vous de moi, ma pauvre enfant ?

ZERBINE.

Puisque votre usage n'est pas de dîner dans la salle à manger, je vous prierais de me donner un petit quart-d'heure de votre tems.

PEDRO.

Allons, dépêchons, car mon tems est très-précieux. Que voulez-vous ?

ZERBINE.

Mon maître, qui veut que ses gens aient tous des talens, m'a chargé de chanter ce soir à son concert, un petit air d'un grand maître ; je n'en suis pas très-sûre, et je vous prierais de me le faire répéter.

PEDRO.

Je le veux bien. Chantez si cela peut vous amuser.

ZERBINE.

C'est un rondeau de Sarti. (*A part.*) Vîte une chanson qui court les rues !

PEDRO.

Eh bien ! commencez, je vous écoute.

ZERBINE.

Mais, monsieur, pour me suivre, prenez donc la musique.

PEDRO.

Je n'en ai pas besoin, je sais tout cela. Je suis la musique même.

ZERBINE, *à part.*

Si je me trompais, et qu'un injuste soupçon.... Non, cela ne se peut pas.

PEDRO.

Allons, commencez.

ZERBINE, *à Pedro qui a tourné la musique du haut en bas.*

Ah ! monsieur, comme vous êtes distrait, vous tournez la musique dans le sens contraire.

PEDRO.

Mais, mademoiselle, c'est exprès. Apprenez qu'un homme de mon talent ne lit pas la musique comme tout le monde.

ZERBINE, *à part.*

C'est un fripon de valet, j'en mettrais ma main au feu.

PEDRO.

Allons, n'abusez pas de ma patience, ou je me fâcherai.

ZERBINE.

Je commence.

DUO.

ZERBINE, *chante un petit air encadré dans ce duo.*

« Parmi les garçons de son âge,
» Nicolas est le plus galant ;
» Aux filles de notre village
» Il en dit tant, il en fait tant,
» Qu'on le trouve un garçon charmant.

PEDRO, *à part.*

Ah ! parbleu, la bonne aventure,
Comme elle je sais la chanson ;
Et je puis lui donner le ton.

ZERBINE, *à part.*

Il n'aperçoit pas l'imposture ;
Il croit tenir-là ma chanson ;
Ah ! je vois que c'est un fripon.

PEDRO.

Reprenez, mais bien en mesure,
Continuez votre chanson ;
Je prétends vous donner le ton.

ZERBINE.

» Un certain soir dans la prairie,
» Il vint à moi, tout en disant :
» Colette, sois ma douce amie ;
» Puis il dit tant, puis il fit tant,
» Que je le choisis pour amant.

PEDRO.

Vous chantez mal, ma bonne amie,
Mettez bien plus d'expression,
Variez un peu plus le ton.

ZERBINE.

De rire, combien j'ai l'envie !
Le traître sait bien ma chanson,
Et prétend me donner le ton.

PEDRO, *d'un air grave, et battant la mesure.*

Ecoutez bien, écoutez ma leçon :
« Depuis ce jour j'ai de la peine,
» Je vois Nicolas moins souvent ;
» Quand je l'appelle à perdre haleine,
» Il me répond toujours fuyant :
» Colette, prends un autre amant.

ZERBINE.

Il donne à plein dans l'imposture,
Ce qu'il me chante il le croit là.
Ah ! je rirai de l'aventure ;
La bonne dupe que voilà !

PEDRO.

Je la fais chanter en mesure ,
Elle croit que je sais cela.
Ah ! je rirai de l'aventure ;
La bonne dupe que voilà !

ZERBINE, *lui faisant une grande révérence.*

M. Guglielmi , je vous remercie bien de votre complaisance.

PEDRO.

Il n'y a pas de quoi, mademoiselle.

ZERBINE.

Certainement on s'apercevra ce soir que vous m'avez donné leçon.

PEDRO.

Je n'en doute pas.

ZERBINE.

Que ne puis-je vous témoigner ma reconnaissance !

PEDRO.

Patience ! je pourrai bien vous faire souvenir un jour de la promesse. (*Il la caresse d'un air protecteur.*) Vous êtes gentille , vous avez de la voix , des dispositions ; il vous manque un peu d'aplomb et de simplicité ; cela pourra venir avec le tems.

ZERBINE.

J'y compte , surtout si je reçois souvent des avis d'un pareil maître. Mais, j'aperçois M. Goldoni, on est sorti de table , je vous laisse avec votre m.... votre ami. (*A part.*) C'est un valet, j'en suis certaine ! Allons vîte raconter à ma maîtresse la bonne découverte que je viens de faire.

SCENE X.

PEDRO, DELMONTE.

PEDRO.

Allons, il faut avouer que je m'en suis assez bien tiré.

DELMONTE.

Ah ! mon cher Pedro, je suis au comble de la joie !

PEDRO.

PEDRO, *froidement.*

Cela me fait bien plaisir.

DELMONTE.

J'étais placé près d'Eléonore.

PEDRO.

Tant mieux pour vous.

DELMONTE.

Quelle était belle ! quel délicieux repas !

PEDRO.

Il était bon, vraiment ?

DELMONTE.

Que de charmes ! que de grâces ! que d'esprit !...

PEDRO.

Et des truffes, vous en aviez sans doute ?

DELMONTE.

Oh ! mon ami, que n'as-tu pu voir mon Eléonore !

PEDRO.

Je n'aurais voulu voir que le pâté.

DELMONTE.

Ce n'est pas une mortelle, c'est un ange !

PEDRO.

Que je donne au diable de bon cœur.

DELMONTE.

Comment ! de la colère ! encore ?

PEDRO.

Eh ! parbleu, monsieur, on en aurait à moins ! Cela vous est égal, vous ne vous mettez pas à la place d'un pauvre misérable ;... tandis que vous êtes bien à votre aise, auprès de votre belle; tandis que vous contez des douceurs, et que vous sablez le bon vin, moi, je suis là solitaire à écouter les oiseaux, et à donner des leçons de chant aux soubrettes de la maison. C'est tout-à-fait confortable !

DELMONTE.

Comment! tu as eu l'effronterie de donner des leçons de chant?

4

PEDRO.

J'en donnerai comme cela tant qu'on voudra ,
pourvu qu'on veuille chanter les chansons que je
sais. Il fallait me voir fièrement battre la mesure.
J'avais vraiment l'air d'un général.... d'orchestre.
Et vous , vos affaires sont-elles plus avancées? avez
vous enfin avoué votre flamme , vos projets ?

DELMONTE.

Je ne suis guère plus avancé ; et à cela près de
quelques regards qu'elle m'a semblé comprendre ,
j'en suis toujours au même point.

PEDRO.

Ah ! vous êtes aussi par trop timide. Vous verrez
que nous ne serons venus ici que pour voir votre
belle épouser le rival !

DELMONTE.

Ah ! Pedro , j'en mourrai de désespoir.

PEDRO.

Et moi d'inanition ! Mais votre Eléonore paraît ,
mon écolière la suit.

SCENE XI.

LES PRÉCÉDENS , ELÉONORE, ZERBINE.

ELÉONORE , *à part à Zerbine.*

Quelle nouvelle tu m'apprends ! Quoi ! ce prétendu Guglielmi ne serait qu'un valet ? Je veux connaître par moi-même cette supercherie. (*A Delmonte.*) Ah ! M. Goldoni, c'est vous que je cher-
chais. (*Pendant tout le commencement de cette
scène, Pedro et Zerbine ont un jeu muet relatif à
la leçon.*)

DELMONTE.

Serait-il vrai, madame? ah ! mon ravissement...

ELÉONORE.

Je vais peut-être vous paraître bien indiscrète.

DELMONTE.

Ah! jamais, comptez..., Si vous me connaissiez !

ELÉONORE.

Je vous connais pour un homme rempli de mérite et de complaisance. Voici ce dont il s'agit. Zerbine vient de me dire que M. Fomboni voulait,
sous quelques jours, me donner une petite fête,
et qu'il vous avait même prié de composer quelque
chose à ce sujet. Eh bien ! moi, je veux le prévenir ; je vous demande la plus petite bagatelle pour
demain, nous la chanterons; M. Guglielmi nous en
fera la musique, et nous accompagnera.

PEDRO, *à part.*

L'accompagnement sera un peu plus difficile.

DELMONTE.

Comment ! madame, vous voulez ;.... mais il
faut le tems nécessaire....

ELÉONORE.

Ah ! vous ne me refuserez pas. Ayez bien soin
surtout de peindre ma reconnaissance, mon amour
pour lui.

DELMONTE.

Pour qui ? pour M. Fomboni ?

ELÉONORE.

Sans doute. Dites-lui qu'à mes yeux il obtient
l'avantage sur tous les jeunes gens qui me font la
cour , qu'il est aussi aimable qu'ils le sont peu.
Oh ! dites-lui surtout qu'il a des rivaux qui m'obsè-
dent, qui me fatiguent de leur présence ; mais
qu'il n'en a rien à craindre ; et qu'enfin lui seul m'a
plu, me plaît et me plaira toujours.

DELMONTE.

Quoi ! madame, c'est moi qui dois dire tout cela
à M. Fomboni ?

PEDRO.

Ah ! les belles choses qu'il va vous inspirer !....
D'abord vous n'avez qu'à le comparer à Cupidon.

DELMONTE, *avec humeur.*

Tais toi. Madame, ce serait avec le plus grand

plaisir ; mais, dans cet instant, ma verve.... mon génie.... (*A part.*) Je ne sais plus que dire.

ELÉONORE.

Oh ! vous ne vous refuserez pas à nos instances.

PEDRO.

Ce n'est pas la bonne volonté qui nous manque ; mais, c'est que travailler en sortant 'de table.... cela n'est pas sain.

ZERBINE.

Quoi ! monsieur, vous sortez de table ?

PEDRO, *soupirant.*

Ce n'est pas pour moi que je parle, mademoiselle.

ELÉONORE.

Ah ! monsieur, j'aurais cru.....

DELMONTE.

Si vous vouliez me dispenser... Je vous assure...

PEDRO.

Le tems est à l'orage. Ne sens-tu pas, mon cher Goldoni, une pesanteur dans la tête, un embarras dans le cerveau....

ELÉONORE.

Mais, pourquoi donc cet air soucieux, distrait? serait-ce le moment de l'inspiration ?

ZERBINE.

Sans doute. Voyez, madame, comme il est agité. Son enthousiasme le saisit, tout nous l'annonce.

DELMONTE.

Madame, daignez écouter !

ELÉONORE, *le prenant par la main.*

Entrez vîte dans ce cabinet. (*Elle l'entraîne un peu malgré lui vers le temple qui est sur l'avant-scène.*)

ZERBINE, *prenant plus vivement Pedro.*

Votre enthousiasme vous saisit aussi.

DELMONTE, *à Eléonore qui l'entraîne.*

De grâce, madame....

ELÉONORE.

Nous savons qu'il faut tyranniser les enfans des muses pour en arracher leurs présens ; et comme femmes, nous usons du privilége.

ZERBINE.

Allons, monsieur, par égard pour votre écolière....

PEDRO, *se laissant conduire.*

Je ferai tout ce que vous voudrez ; mais je veux bien que le diable m'emporte, si vous me faites chanter une note.

ELÉONORE.

Ce n'est pas tout : comme vous pourriez nous échapper, nous prenons nos précautions. Les gens de lettres, et surtout les musiciens, ont des vertiges ; il faut s'en assurer. (*Elles ferment la porte.*)

SCENE XII.

DELMONTE, PEDRO, *dans le cabinet ;* ELÉONORE, ZERBINE, *en dehors.*

DELMONTE.

Comment, madame, vous nous enfermez ?

ELÉONORE, *en dehors.*

Oui, vous êtes nos prisonniers, et nous ne vous rendrons votre liberté que lorsque vous aurez payé votre rançon.

DELMONTE, *à Pedro.*

Nous voilà pris comme des sots.

PEDRO.

Et comme des sots en cage, ce qu'il y a de pis.

DELMONTE.

Je veux essayer si je ne pourrais pas, par quelques vers à Eléonore....

PEDRO.

Quoi ! vous seriez poëte aussi ? vous auriez cette maladie là ?

DELMONTE.

Si l'amour pouvait m'inspirer ! jamais je n'es-sayai.... et mon embarras... il n'importe ! donne-moi ce papier.

PEDRO, *lui donnant la plume et l'encre.*

O blond Phébus ! par pitié , laisse-nous boire un peu dans les eaux d'Hypocrène !

DELMONTE.

Ne m'interromps pas, laisse-moi réfléchir.

PEDRO.

Soit, monsieur, réfléchissons, si la chose est possible.

SCENE XIII.

LES PRÉCÉDENS, UN DOMESTIQUE.

LE DOMESTIQUE.

Madame, c'est une lettre qu'on vient d'apporter pour vous.

ELÉONORE.

Il suffit. Laissez-nous.

(*Le Domestique sort.*)

SCENE XIV.

LES PRÉCÉDENS, HORS LE DOMESTIQUE.

ELÉONORE, *décachetant.*

Elle est de ma cousine. Je suis curieuse de savoir ce qu'elle répond à ce que je lui avais demandé.

ZERBINE, *riant.*

Ah ! je devine : madame avait demandé des nou-velles de l'inconnu, de son donneur de sérénades.

ELÉONORE, *lisant.*

« Je me suis acquitté de ta commission , ma chère amie ; le hasard m'a bien servie. L'un de mes parens connaît beaucoup l'étranger qui nous a donné de si jolis concerts. C'est un homme aussi recommandable par ses mœurs, que par son nom et sa fortune. Il s'appelle Delmonte, il est noble vénitien. Comme ton départ l'avait plongé dans un profond chagrin, je ne me suis pas fait un scrupule de lui faire dire indirectement de quel côté tu avais tourné tes pas; et je suis sûre que notre timide chevalier est maintenant à la poursuite de sa dulcinée ».

Je t'embrasse, etc.

ELÉONORE.

Eh bien ! Zerbine?

ZERBINE.

Eh bien ! madame ?

ELÉONORE.

Quelle nouvelle ! elle me comble de joie. Je cours vîte répondre un mot à ma cousine, et la prévenir de tout ce qui s'est passé.

ZERBINE, *vivement, à Eléonore qui sort.*

Et surtout, n'oubliez pas de lui dire que notre chevalier errant est maintenant dans les prisons d'une enchanteresse, et qu'il n'en sortira qu'à bonnes enseignes. (*Montrant Fomboni.*) Pour notre vieux captif, nous lui donnons maintenant la clef des champs. Le voici.

SCENE XV.

LES PRÉCÉDENS, FOMBONI.

FOMBONI.

Où sont donc nos artistes ?

ZERBINE.

Ils sont là dans ce cabinet ; ils composent pour nous les plus jolies choses du monde !

FOMBONI.

Je veux les imiter ! je me sens en verve! ... oui, mon imagination s'enflamme.... Va-t-en, ne trouble pas cette subite inspiration.

(*Zerbine sort, Fomboni se met à composer, et s'endort.*)

SCENE XVI.

DELMONTE, PEDRO, *toujours dans le cabinet;* FOMBONI,
sur le devant de la scène.

PEDRO, *se réveillant.*

Est-ce que vous vous endormez, monsieur ? je
vois que la poésie vous réussit.

DELMONTE, *cherchant à composer.*

Pour te chanter , ma chère Eléonore !

PEDRO.

Bien, monsieur, voilà le commencement d'un
opéra.

DELMONTE.

C'est en vain ! je ne trouve plus rien.

PEDRO.

« Pour te chanter, ma chère Eléonore !... Il est
très-beau le début.

DELMONTE.

Tais-toi, maraut !

PEDRO.

Maraut ! vous oubliez que vous parlez à un confrère.

DELMONTE.

Tu m'as mis dans une belle situation ! Qu'allons-
nous devenir ? on va nous prendre pour des intri-
gans ; et nous serons forcés d'avouer notre igno-
minie.

PEDRO.

Avouer ! monsieur, fi donc ! Les honnêtes gens
de mon espèce n'avouent jamais rien, même à leurs
juges.

DELMONTE.

Eh bien ! comment feras-tu pour nous tirer de
l'embarras où nous sommes ?

PEDRO.

J'ai mon projet. Mon dieu ! que vous êtes heureux d'avoir avec vous un homme d'esprit comme
moi.

DELMONTE.

Mais quel est ce projet ?

PEDRO.

PEDRO.

Un bon moyen de comédie, que je vole à mon ancien maître. Il naît tout naturellement de notre situation, et je m'en sers.

DELMONTE.

Mais, que prétends-tu ?

PEDRO.

Faire connaître votre amour à votre belle, la faire consentir à vous épouser, et tout cela en présence du vieux connaisseur.

DELMONTE.

Si tu réussis, tu es l'homme le plus adroit, le plus étonnant !....

PEDRO.

Eh bien ! monsieur, il ne tient qu'à vous, et vous épouserez votre belle.... si elle y consent.

DELMONTE.

Tu vas faire encore quelque nouvelle sottise ?

PEDRO.

Ce n'est point une nouvelle sottise, c'est toujours la même qui continue.

DELMONTE.

Allons, je te laisse faire. D'ailleurs, il ne peut nous arriver pis.

PEDRO.

Prenons d'abord ce papier, et ployons le comme un manuscrit ; maintenant il s'agit de sortir....

DELMONTE.

Oui, et la porte est fermée.

PEDRO.

Oh ! je saurai bien me faire ouvrir.

QUINQUE.

DELMONTE, PEDRO, *frappant à la porte.*

Ouvrez, ouvrez-nous cette porte,
Nous avons fait notre opéra.

FOMBONI, *se réveillant.*

Mais, quel bruit fait-on à la porte ?
Qui donc est là ? qui donc est là ?

PEDRO, *frappant encore.*

Ouvrez, il faut bien que je sorte.

DELMONTE.

Ouvrez, ouvrez-nous cette porte.

PEDRO.

Nous avons fait notre opéra.

FOMBONI.

Comment ! ils font un opéra ,
En faisant du bruit à la porte.

PEDRO.

Ouvrez donc à l'instant ,
Ou, morbleu ! je me fàche.

FOMBONI.

Ah ! je vois qu'on se fàche ,
Ouvrons leur à l'instant.

(Allant pour ouvrir la porte.)

Je n'ai pas la clef de la porte ,
Je vois qu'il vous faut rester là.

SCENE XVII.

LES PRÉCÉDENS, ELÉONORE, ZERBINE.

FOMBONI.

Arrivez donc , Eléonore.

DELMONTE, PEDRO.

Nous ferons plus de bruit encore.

FOMBONI.

Ces messieurs ont fait l'opéra ;
Mais ne veulent pas rester là.

ZERBINE.

Avant d'ouvrir , je dois vous dire
Qu'il faut promettre de le lire ,
Si non, nous vous retenons là.

(Zerbine ouvrant la porte.)

ELÉONORE , à Delmonte.

Monsieur, puisque d'Eléonore
Vous fuyez la captivité ,
Partez, il en est tems encore,
Reprenez votre liberté.

DELMONTE.

Que ne puis-je d'Eléonore
Vivre dans la captivité !
Parlez, il en est tems encore,
Et j'engage ma liberté.

ZERBINE, ELÉONORE.

Que ne peut-il d'Eléonore
Vivre dans la captivité !

ZERBINE , à Eléonore.

Parlez, il en est tems encore,
Il engage sa liberté.

FOMBONI.

Moi, de la belle Eléonore
Je vis dans la captivité ;

L'hymen , dans quelques jours encore ,
Lui ravira sa liberté.

FOMBONI, *à Pedro.*

Vous nous ferez donc connaître votre petite pièce ? Tenez-vous bien , je suis un bon juge.

PEDRO.

Elle ne vous ennuiera pas , je vous assure.

ELÉONORE, *à Delmonte.*

C'est vous qui lirez , monsieur ?

PEDRO.

Non , madame, c'est moi. Mon ami est un auteur qui ne sait pas lire.

ZERBINE, *bas à Pedro.*

Hin ? musicien manqué , comment te tireras-tu delà ?

PEDRO, *bas à Zerbine.*

Friponne ! tu sais tout. Sois-nous propice, et je te fais épouser un compositeur qui te fera chanter toute la journée.

FOMBONI.

Que dites-vous donc à Zerbine , M. Guglielmi ?

PEDRO.

Je lui demandais si elle ne pouvait jouer un rôle dans notre petit ouvrage.

FOMBONI.

Sans doute , elle a de l'intelligence.

ZERBINE.

Plus que de bonne volonté. Moi, je ne veux pas être utile à ces messieurs.

PEDRO.

Mais, ma chère amie, si vous ne nous aidez pas , mon confrère et moi , nous allons nous trouver dans le plus grand embarras.

FOMBONI.

Vous ne pouvez donc pas vous passer d'elle ?

PEDRO.

Non , le diable m'emporte. Dans notre action, il faut absolument une soubrette qui tire les amans du mauvais pas où ils se sont engagés.

FOMBONI.

Allons, Zerbine , fais quelque chose pour moi , ma bonne amie.

ZERBINE.

Puisque vous le voulez absolument, je me résigne. Mais encore, faut-il que je sache ce qu'il faut faire.

PEDRO.

Je te le dirai. Je te préviens d'abord, que nous avons un amant qui est d'une timidité ridicule. Dans l'instant où il faut le plus de courage, il est là tout décontenancé.

FOMBONI.

Dans presque tous les opéras, les amoureux sont des nigauds.

PEDRO.

A qui le dites-vous ? Heureusement que le vieillard que nous jouons, un espèce de tuteur, n'est pas trop de ces gens d'esprit.....

FOMBONI.

Ah ! vous avez mis un tuteur, c'est bien usé, bien rebattu !

PEDRO.

Que voulez-vous, monsieur, on prend ce qu'on trouve.

FOMBONI.

Etes-vous content de votre dénouement ? c'est-là l'essentiel.

PEDRO.

Pas encore. Il dépend de l'exécution ; c'est la soubrette qui le fait aux yeux même du personnage qu'on trompe.

ZERBINE.

Mais enfin, que fait-elle ? voyons.

PEDRO.

D'abord, elle parle bas à sa maîtresse ; elle lui dit que l'amant qui s'est déguisé pour la voir est un homme estimable, qui n'a que des vues honorables, et qu'il se croit heureux de lui offrir sa main et toute sa fortune, qui est considérable. (*Pendant ce tems, Zerbine parle bas à sa maîtresse.*) La jeune dame, qui semble prévenue en faveur de notre jeune homme, baisse les yeux modestement, et paraît s'attendrir en sa faveur. (*Eléonore paraît en effet éprouver quelque trouble.*) La soubrette intelligente profite de ce moment, va prendre notre timide amoureux par la main, et le conduit auprès de sa maîtresse, qui ne peut s'empêcher, dans son émotion, de jeter sur son amant un tendre regard, où se trouvent à-la-fois la bienveillance et l'amour. (*Zerbine exécute toujours ce que dit Pedro.*)

FOMBONI.

Et vous me ferez croire que tout cela s'exécute en présence du tuteur ? Le vieux sot est donc aveugle ?

PEDRO.

Non, monsieur ; mais j'ai mis là un valet, garçon rempli d'esprit, qui occupe tellement le vieillard, qu'il ne voit rien de tout ce qui se passe.

FOMBONI.

La scène est bien hardie !

PEDRO.

Oh ! c'est par la hardiesse que nous brillons.

FOMBONI.

Au reste, cela peut faire un tableau assez piquant. Je le vois d'ici.

PEDRO.

Non, pas encore ; mais il devient de plus en plus intéressant ; les amans se sont parlé, la gaieté brille dans leurs yeux. (*Là, il rapporte ce qu'il voit.*) Le jeune homme, devenu moins timide, se jette aux pieds de sa maîtresse ; elle lui donne sa main ; il la couvre de baisers ; ils se disent enfin qu'ils s'adorent et qu'ils seront époux. C'est tout-à-fait touchant ! Voyez plutôt vous-même. (*Il montre à Fomboni le tableau.*)

FOMBONI.

O ciel ! que vois-je !

PEDRO.

Le tableau dont je vous parlais.

FOMBONI.

Quoi ! M. Goldoni,...

PEDRO.

Est l'amant déguisé dont je suis le valet.

FOMBONI.

Mais pourtant cette pièce....

PEDRO.

Est la pièce que nous vous avons jouée.

FOMBONI.

Morbleu !

FINALE.

DELMONTE, ELÉONORE, ZERBINE, PEDRO.

Pardonnez la supercherie ;
Vous savez ce que peut l'amour.

DELMONTE, PEDRO.

Quelle devienne votre amie,
Moi seul suis coupable en ce jour.

FOMBONI.

Au diable soit la comédie
Que vous me jouez en ce jour !
Non, me tromper fut votre envie....

ELÉONORE.

Tromper ne fut point mon envie ;
Malgré moi je cède à l'amour ;
Mais je veux rester votre amie,
J'en fais le serment en ce jour.

PEDRO, *à M. Fomboni, en lui montrant son maître.*

Monsieur, regardez ce visage.

FOMBONI.

Ce visage que me fait-il ?

PEDRO.

Madame, à ce coup-d'œil subtil,
De Cléopâtre offre l'image ;
Mon maître a le même avantage.

FOMBONI.

Un avantage, et quel est-il ?

PEDRO.

De Marc-Antoine il a tout le profil !

FOMBONI.

De Marc-Antoine, oui, c'est là le profil !

DELMONTE, ELÉONORE, ZERBINE, PEDRO.

Par amitié, par convenance,
Ne résistez point à nos vœux ;
De l'amour pardonnez l'offense,
Et couronnez leurs tendres feux.

FOMBONI.

Par amitié, par convenance,
Ne résistons pas à leurs feux ;
De l'amour pardonnons l'offense,
Et couronnons leurs tendres feux.

FIN.

www.ingramcontent.com/pod-product-compliance
Ingram Content Group UK Ltd.
Pitfield, Milton Keynes, MK11 3LW, UK
UKHW021617130726
13696UKWH00005B/1925